ESSAI

SUR LES SENTIMENTS

QUE L'ON DOIT

A BUONAPARTE.

A PARIS,

Chez DELAUNAY, libraire, Palais-Royal, galerie de bois, n° 243.

DE L'IMPRIMERIE DE CRAPELET.

1815.

ESSAI
SUR LES SENTIMENTS
QUE L'ON DOIT
A BUONAPARTE.

Qui croiroit qu'après tous les maux que Buonaparte nous a faits, après tous les malheurs qu'il a appelés sur la France, après l'avilissement dans lequel il nous a plongés, il existe encore parmi nous des partisans de ce nouveau *fléau de Dieu?* Il est trop vrai, cependant, qu'il en existe un grand nombre; mais comme la plupart ne sont que des hommes égarés, qui, après avoir été éblouis par les prestiges de ce charlatan politique, ont autant de peine à sortir de leur erreur qu'ils ont eu de facilité à y entrer, c'est en quelque sorte un devoir d'essayer de les éclairer; c'est aux Français de toutes les classes, mais surtout aux soldats français que j'adresse cet écrit. Ils m'ont long-temps vu dans leurs rangs, et ceux qui se rallient à la cause du Roi, à celle de l'honneur, à celle de la patrie, n'y revoient encore. Puissé-je dans ce foible essai être utile à mes anciens camarades ! Je le destine uniquement aux hommes qui ont pu être engagés de bonne foi dans le parti de l'erreur. Quant aux agens de l'erreur même, à ces criminels auteurs du malheur de leur pays, comme il faudroit changer leur cœur avant d'éclairer leur esprit, et que leur opiniâtreté est invincible, je ne puis qu'invoquer sur eux, avec la France, avec la terre entière, l'action de la sévère justice. Que dire, en effet, à des hommes qui n'ont pas honte d'annoncer que leur espoir le plus cher est de voir un jour reparoître, pour dominer de nouveau sur la France, le tyran sous lequel la France a tant gémi, et qui, convaincus sans doute que notre patrie va retrouver bientôt sous son Roi légitime une assez grande prospérité pour être encore un objet de jalousie aux yeux des nations étrangères, espèrent que quelque jour nos voisins vomiront sur nos côtes cette peste plus redoutable que celle qui en porte le nom ? C'est donc parce qu'ils regardent le retour de cet homme comme le mal le plus grand, le malheur le plus sûr qui puisse arriver à la France, qu'ils espèrent que les peuples étrangers s'en serviront pour détruire une prospérité dont l'idée seule les désespère, et c'est pour pouvoir assouvir dans un règne d'un moment, au milieu de la guerre civile, leur insatiable vengeance, qu'ils attendent l'occasion de se réunir encore à *cet homme de malheur;* et cependant ils se disent Français! Ah ! disons qu'ils sont bien plutôt les ennemis de la France, et que la France jamais ne peut avoir de repos, ni de bonheur assuré, tant qu'un seul de ces hommes dénaturés existera parmi ses compatriotes, et tant qu'un seul conservera des intérêts sur le sol de la patrie.

De Buonaparte relativement à la France.

J'AI toujours entendu vanter, par les partisans de Buonaparte, le bien que le premier établissement de son pouvoir avoit fait à la France, et les heureux effets de la révolution qui le plaça à la tête du Gouvernement : mais, pour juger jusqu'à quel point on lui devoit de la reconnoissance, il eût été nécessaire de pénétrer les sentiments d'où découloit le bien momentané qu'il pouvoit faire ; pour s'abandonner au bonheur, pour s'enorgueillir de la gloire, il falloit attendre les vrais résultats d'un système qui se rattachoit à un heureux concours de circonstances, à des talents sans vertus, à des calculs de froid égoïsme, bien plus qu'à une véritable grandeur d'âme et à des sentiments généreux, que le cœur de Buonaparte n'a jamais éprouvés. Pour développer cette idée, reprenons de plus haut le cours des événemens.

La France, entraînée par le torrent de la révolution, avoit éprouvé toutes les anarchies; elle avoit abusé de toutes les libertés; les oppresseurs étoient pour ainsi dire aussi fatigués que les opprimés; et, dans cet état de choses le plus propre à l'établissement du despotisme, tout annonçoit que l'armée qui nous rendoit aussi redoutables au-dehors, que nous étions malheureux au-dedans, finiroit par nous donner un maître. Déjà plusieurs généraux avoient conçu le projet de s'emparer du pouvoir, et la fortune ou la prévoyance des gouvernements existants avoient toujours trompé leur espérance : mais, à la fin, il devoit paroître un homme qui eût acquis assez de renommée pour en imposer aux gouvernements révolutionnaires eux-mêmes; qui eût assez d'adresse pour dissimuler ses desseins, assez de tact pour juger le moment favorable à leur exécution, assez d'audace pour l'entreprendre, assez d'habileté et de bonheur pour réussir et pour affermir sa puissance. Cet homme étoit Buonaparte, et le signal de sa fortune fut le canon de vendémiaire, et le massacre des Parisiens armés contre la tyrannie du Directoire. Ils furent mitraillés par Buonaparte, sur les marches mêmes de l'église Saint-Roch (1); et cette horrible exécution annonça à la France celui sous le joug duquel elle devoit bientôt courber son front. Nommé, pour prix de cet exploit, général de l'armée d'Italie, il se hâta, dès son début dans la carrière des conquêtes, de préparer son armée à appuyer quelque jour la révolution qu'il méditoit. Tandis qu'il accumuloit pour lui-même d'immenses trésors, il enrichissoit les officiers et les soldats; et en substituant ainsi dans leurs cœurs le désir du butin à l'ardeur de la gloire, et l'amour du chef qui fondoit leur fortune à celui de la patrie, pour laquelle seule ils devoient verser leur sang, il les plaça en quelque sorte, par l'habitude du luxe et de l'indiscipline, dans

---

(1) On avoit écrit sous une fenêtre du Louvre que c'étoit de là qu'un roi de France avoit tiré sur le peuple, et le fait est au moins douteux. On devroit écrire sur Saint-Roch et aux environs, et le fait alors seroit vrai.... *C'est ici que Buonaparte a mitraillé les Parisiens....* Dans combien d'autres endroits ne pourroit-on pas écrire..... *C'est ici que Buonaparte a fait fusiller de bons et loyaux Français!*

la nécessité d'opprimer leur pays : en un mot, il commença, dès 1795, la corruption de l'armée française. Vainqueur cependant des armées autrichiennes, il se montra dans Paris : mais, après avoir sondé l'opinion, les événemens ne lui paroissant pas assez mûrs, ou sa renommée assez grande pour renverser les hommes revêtus de l'autorité auxquels il devoit sa fortune, il différa l'exécution de son dessein, et entreprit l'expédition d'Egypte. Il entreprit cette expédition célèbre pour pouvoir gagner l'époque où il prévoyoit que la France seroit forcée, par le malheur, de s'abandonner à lui, et il quitta son armée, quand elle eût été malheureuse, pour venir subjuguer la France. Il la laissa sur ces sables brûlants pour être la proie de la peste ou du fer de l'ennemi : il revint; et la fortune lui présentant alors la France dans une de ces positions désespérées où les peuples sont prêts à se jeter dans les bras de quiconque paroît propre à les sauver, il s'empara du gouvernement. Il s'en empara *à main armée ;* et c'est ici toutefois qu'il rendit à la patrie le service pour lequel ses partisans réclament encore aujourd'hui la reconnoissance nationale. En effet, il fit cesser l'anarchie ; mais il le fit en trompant tous les partis, pour les réunir en un seul, qui n'étoit pas celui de la patrie, mais le sien propre. Si cependant, en les réunissant ainsi, il avoit pu avoir en vue de faire le bien de la France, nous lui devrions une reconnoissance réelle; mais comme le reste de sa conduite a prouvé qu'il ne calculoit rien que les satisfactions de son orgueil et de son ambition; comme il n'a cessé d'immoler la France au-dedans, tandis qu'il l'exposoit constamment au-dehors à éprouver les malheurs qu'il a enfin attirés sur elle; comme il n'a cessé de nous tromper pour nous perdre, et de nous avilir pour nous opprimer, la reconnoissance qu'on pourroit lui devoir pour un bien momentané, fait sans aucune intention bienfaisante, est bien plus que compensée par le juste ressentiment de tous les maux qu'il nous a faits. Rappelons-nous cependant comme il s'éleva par degrés; comment, semblable à tous les ambitieux, il se servit de la faveur du peuple pour opprimer le peuple même; comment, atténuant toutes les opinions, il excita et flatta tous les intérêts; et comment alors le peuple français, en continuant de suivre un fantôme de liberté, se précipita de plus en plus dans l'abîme de la servitude. Consul d'abord pour un temps limité, bientôt après consul à vie, employant avec une égale adresse la terreur et la séduction; mais secondé surtout par la bassesse des hommes qui, ayant eu avant lui l'autorité toute entière, se contentoient de la part qu'il daignoit leur en laisser, il marche au pouvoir suprême avec une étonnante rapidité. Ménageant les biens plus que le sang, il conserve la fortune à des hommes qui craignoient de la perdre, et la rend même à plusieurs qui déjà l'avoient perdue : mais tandis qu'il ajoute ainsi à son parti des hommes utiles, malheur à tout ennemi que sa vengeance peut atteindre ! M. de Frotté, attiré à une entrevue, est lâchement assassiné; Pichegru est étranglé dans sa prison; Moreau, envoyé en exil, ne doit de conserver sa vie que par la crainte qu'inspirent encore son nom et les nombreux amis qu'il conserve dans son malheur. Enfin, quand il a bien accoutumé les Français à l'idée que sa colère est terrible et sa vengeance inévitable; quand il s'est entouré d'une garde formidable; quand, sous prétexte de l'expédition d'Angleterre, il a rassemblé, à soixante lieues de la capitale, l'armée la plus belle et la plus dévouée qui ait peut-être jamais existé; quand enfin, par l'assassinat d'un descendant du grand Condé, il a violé à la fois tout ce qu'il y a de sacré chez les hommes et entre les nations, alors il se fait offrir la couronne impériale : *le pied posé sur le cadavre du duc d'Enghien*, il prend, à la face du monde, le sceptre de Louis-le-Grand; et nous le voyons bientôt augmenter son autorité à mesure qu'il étend ses conquêtes; abuser du sang, de l'argent, de la patience des peuples; avilir les corps de l'Etat, chasser la représentation nationale, établir sa volonté comme unique et suprême loi, et nous réduire enfin à un tel point d'esclavage, qu'il est loin de nous avoir fait tout le mal qu'il pouvoit nous faire et que nous aurions supporté.

Je le demande maintenant à tous les hommes de bonne foi, quelle reconnoissance mérite un bienfait momentané, quand ses motifs sont éclaircis par de semblables résultats? Buonaparte, d'ailleurs, est d'autant plus coupable, que si, parvenu au trône et arrivé au dernier terme de la puissance, il eût éprouvé pour la France, je ne dis pas un sentiment d'amour, mais du moins un mouvement de pitié pour tout ce qu'elle avoit souffert; s'il lui eût donné la paix, s'il l'eût régie par des lois sages, il l'auroit facilement rendue le pays le plus heureux, le plus florissant de la terre; mais son âme, susceptible d'une grande exaltation, étoit également fermée à tous les sentiments humains; et la pensée de devenir le législateur de la France n'entra pas même un instant dans cette tête ambitieuse. Toujours homme de la fortune, des circonstances et de son idée du moment, il ne veut être que conquérant, c'est-à-dire fléau de la terre et de sa propre patrie. Il lui falloit, pour fonder sa dynastie, une paix habituelle, une administration sage, de la bonne foi dans les traités, de la stabilité dans les institutions; mais, tourmenté du besoin de détruire ce que lui-même a créé, il n'attache pas à sa famille plus d'intérêt qu'à sa patrie; et les royaumes qu'il envahit pour ses frères, il médite déjà de les leur ôter. Des torrents de sang français coulent dans toute l'Europe pour donner des trônes aux frères de Napoléon Buonaparte; mais ils ne font que préluder au sang qu'il faudra verser encore pour rattacher au grand Empire les pays qui n'en ont été momentanément séparés qu'afin de tromper les nations par une apparente division de la puissance impériale. Nous l'avouons en rougissant, mais il seroit difficile de décider quel sentiment doit l'emporter, de la douleur ou de la honte, quand on pense aux résultats de tant de sang français versé depuis 1804 jusqu'en 1812. D'un côté, des rois étrangers à la France avoient été créés ou enrichis pour être les tributaires de Buonaparte, qui, depuis, ont tourné contre la France les forces mêmes que la France leur avoit données ; de l'autre, Joseph Buonaparte avoit été fait roi de Naples, et, bientôt après, ce royaume lui avoit été retiré pour être donné à Murat, mari de Caroline Buonaparte, tandis que trois cent mille Français alloient périr en Espagne pour appuyer la plus noire des perfidies, et donner à Joseph Buonaparte, en échange de Naples, le trône de Charles-Quint, qu'il n'a pas même pu garder. Quelque temps après, Louis Buonaparte et Jérôme Buonaparte avoient été faits rois, le premier en Hollande, le second en Westphalie ; et ces royaumes avoient été repris, ou destinés à l'être, pour former des départements, qui, aussi-bien que d'autres départements usurpés sur le souverain Pontife, étoient comme des pierres d'attente pour de plus grands envahissements. Elisa Buonaparte, avec son mari Bacciochi, avoit eu la principauté de Piombino, et ensuite la Toscane. Pauline Buonaparte avoit épousé un prince italien. Buonaparte lui-même avoit épousé une archiduchesse d'Autriche, quoiqu'il fût uni par un légitime mariage à une femme pleine de bonté, à l'appui de laquelle il avoit dû sa première fortune. Fesch, oncle de Buonaparte, étoit devenu primat ; enfin, Lucien Buonaparte, chassé par son frère, après avoir, plus que tous les autres, contribué à son élévation, étoit devenu prince romain.... Voilà pourtant quels avoient été, jusqu'en 1812, c'est-à-dire au moment de notre plus grande puissance, et à l'époque la plus brillante de notre gloire militaire, les fruits de tant de sang répandu, le prix de tant de sacrifices qui n'auroient dû être faits que pour la patrie; et voilà même qu'aujourd'hui, par un effet des calculs de la folie de cet homme, nous avons perdu jusqu'à ces misérables fruits de notre aveuglement et de nos misères. Notre gloire militaire elle-même, le seul bien qui nous restât, et que les efforts et la mort de tant de braves soldats immolés au sein de la France avoient sauvée en 1814, Buonaparte n'a pas été satisfait qu'il ne l'eût tout-à-fait flétrie : il a fallu que, vaincus à forces égales, nous vissions notre capitale devenir, comme autrefois la capitale de la Prusse, le prix d'une seule victoire; et celui qui seul avoit fui, celui qui seul avoit attiré sur nous cette affreuse calamité, n'a pas craint de calomnier, à la face de l'Europe et de la postérité, ceux qui avoient péri pour lui : Buonaparte a osé dire qu'une armée française avoit fui sur un cri de *sauve qui peut!*.... Cette atroce ingratitude et cet excès d'impudence étoient bien dignes de lui (1).

Mais, dira-t-on peut-être, ce n'est pas seulement d'après ses faits militaires qu'il faut juger celui qui gouverne un empire ; il peut avoir eu, et même par sa faute, des malheurs à la guerre; mais il peut avoir acquis des droits à la reconnoissance des peuples par le bon gouvernement dont il les a fait jouir, et par les monuments qu'il a élevés pour l'utilité de la nation. Jetons d'abord un coup d'œil sur le gouvernement de Buonaparte, nous examinerons ensuite ses monuments. Vit-on jamais de gouvernement plus absolu dans son ensemble, plus tyrannique et plus fiscal dans les détails de son action? Minos, qui, pour punition d'un grand attentat, exigea des Athéniens qu'ils lui envoyassent chaque année vingt jeunes hommes et vingt jeunes filles pour être dévorés par le Minotaure, est à bon droit taxé de barbarie dans les fastes de l'histoire; mais que dira-t-on de celui qui exigeoit de la nation, dont il se disoit le père, qu'elle lui

(1) On assure qu'un mot connu s'est renouvelé pour lui, et qu'arrivé au pont de la Sambre, il demanda à l'officier qui commandoit s'il avoit vu beaucoup de fuyards : « Non, sire, lui répondit l'officier, votre » majesté est le premier ».

fournît chaque année 300,000 hommes, la fleur de la jeunesse, l'espérance et l'appui des familles, et qui les envoyoit périr aux extrémités de la terre, dans la seule vue de satisfaire son insatiable ambition ? Que dira-t-on si, après avoir rendu insuffisant cet immense secours, il anticipe de deux années sur l'époque fixée par la loi, et force des enfants à aller chercher la mort, quand à peine ils sont entrés dans la vie ? Que dira-t-on si, après une première extension d'une loi déjà si cruelle, au mépris de tout ce qu'il y a de sacré et des engagements les plus solennels, il rappelle et contraint à servir des hommes qui depuis douze années ont été exemptés par la loi de tout service militaire ? Que dira-t-on si, non content d'avoir envoyé au carnage tous les hommes non mariés de dix-huit à trente-deux ans, il appelle encore, sous le nom spécieux de garde nationale, tout ce qui reste d'hommes mariés ou non mariés, entre vingt et quarante ans ; les fils des veuves, les soutiens des vieillards ; et les oblige à marcher à l'ennemi, quand il a lui-même ouvert les portes de la France aux nations coalisées, en refusant la paix à Dresde, et en abandonnant son armée après l'avoir fait écraser à Leipsick ? Tel a été cependant, sous le rapport du sang qu'il a fait verser, l'abus que Buonaparte a fait de l'autorité que lui avoient donnée les mêmes hommes qui, au mois de mars 1815, l'ont ramené de son exil, et qui ont ainsi attiré de nouveau sur la France la redoutable colère de tous les peuples de l'Europe. A mesure cependant qu'il sacrifioit ainsi les hommes avec une froide barbarie, il n'apportoit que plus d'activité à dévorer les fortunes. Non-seulement il nous avoit rendu, sous le nom de Droits réunis, tout ce que les douanes et leurs suppôts ont jamais eu de plus odieux; mais chaque année voyoit, sous différents prétextes, augmenter le poids de nos charges. D'ailleurs, quand un souverain a pu, par un décret, après avoir chassé la représentation nationale, augmenter de moitié l'imposition foncière, et doubler la plupart des autres; quand il a ainsi brisé la barrière que lui opposoit, dans les corps de l'État, la constitution que lui-même avoit faite et jurée; enfin, quand il a froissé à ce point le véritable droit des peuples, celui de régler, par l'organe de leurs représentants, vis-à-vis de l'autorité souveraine, l'étendue des charges publiques, peut-on ne pas voir en lui un épouvantable tyran? Rappelons-nous les détails de fiscalité qui se réunissoient à cette spoliation en grand pour compléter son système : rappelons-nous les réquisitions de chevaux et de voitures, les contingents, les dons volontaires forcés, répartis arbitrairement par les préfets, et arrachés, par la violence des garnisaires, pour les gardes d'honneur, pour l'habillement et l'équipement des gardes nationales, pour l'approvisionnement des places etc., etc. Vit-on jamais un peuple plus opprimé dans ses intérêts, des sujets plus vexés dans leurs fortunes? Quand les Maures ou Sarrasins, que nous appelons des barbares, conquirent l'Espagne par la force des armes, ils n'exigeoient des peuples qui avoient résisté, et qu'ils avoient été forcés de vaincre, d'autre tribut que le cinquième du revenu de leurs terres, et ils se contentoient du dixième pour ceux qui traitoient avec eux avant d'accepter le combat : que l'on compte maintenant ce que nous étions obligés de payer dans les dernières années du règne de Buonaparte, et l'on verra qu'en réunissant les impositions de toutes les formes inventées ou perfectionnées par sa fiscalité, ce souverain de notre choix, nous arrachoit chaque année le tiers et souvent la moitié des fruits de notre labeur, de nos spéculations et de notre industrie. Il eut donc mieux valu pour nous, sous ce rapport important, être conquis par les Sarrasins, que d'accepter ou de choisir Buonaparte pour souverain.

Examinons maintenant le gouvernement de Buonaparte, sous le rapport de la bonne foi, qui, si elle étoit bannie du reste de la terre, devroit, disoit un roi de France, se trouver toujours dans le cœur des rois. Je ne parle pas même de la bonne foi politique, et j'abandonne à l'équitable postérité le jugement à prononcer sur l'enlèvement des souverains d'Espagne, attirés ou entraînés hors de leur pays, sous prétexte d'une honorable médiation entre un père et son fils, et qu'il dépouilla tous les deux de l'héritage de leurs ancêtres. Je me tais également sur l'ingrate avidité qui le porta à dépouiller le souverain Pontife, dont il avoit jadis trompé la religion, au point d'obtenir que sa main vénérable soit venue verser sur ce front chargé de crimes et souillé de sang l'huile sacrée des souverains élus de Dieu. Je ne veux rappeler ici la mauvaise foi de Buonaparte qu'à notre égard, à l'égard des Français, de ce peuple malheureux dont la valeur a fait sa gloire. Ainsi donc, sans parler de ces guerres accumulées sans cesse, au lieu de la paix si souvent promise; sans parler des impôts toujours croissants, toujours multipliés, quand à chaque instant il renouveloit la promesse de les diminuer; sans parler des innombrables atteintes portées arbitrairement, et contre la foi des lois, à la liberté de la presse, à la liberté individuelle, à l'existence même des citoyens; rappelons-nous seulement avec quelle barbarie perfide des hommes déjà remplacés dans les rangs des soldats, en usant d'une faculté garantie par la loi-même, étoient obligés de nouveau d'aller s'exposer à la mort, après avoir sacrifié une partie de leur fortune pour se conserver au soutien de leurs parents affoiblis par les années, ou de leurs frères en bas âge. L'histoire n'offre peut-être pas un autre exemple de la même perfidie, répétée autant de fois avec la même effronterie, et supportée toujours avec la même patience. Des hommes remplacés légalement pour la conscription, et exemptés solennellement par la loi même de tout service militaires, étoient forcés de marcher dans les cohortes, qui étoient elles-mêmes forcées, contre l'engagement le plus solennel, de franchir la frontière pour aller chercher l'ennemi. Remplacés dans la conscription et dans les cohortes, les mêmes hommes étoient ensuite obligés de marcher dans les gardes d'honneur; remplacés dans les gardes d'honneur, dans la conscription et dans les cohortes, ils étoient encore rappelés pour les 150,000 ou les 500,000 hommes de la fin de 1813. Et remplacés enfin pour la quatrième fois dans ce rappel, ils étoient obligés, sous le prétexte du contingent de la garde nationale, à marcher, soit en personne, soit par un nouveau remplaçant, pour repousser la guerre que le délire de Buonaparte avoit alors, pour la première fois, amenée au sein de la France. Ainsi, ce n'étoit pas assez de donner à Buonaparte une vie qu'on ne donne qu'une fois à sa patrie même, il falloit indéfiniment lui en renouveler le sacrifice; il falloit la perdre encore pour lui, après l'avoir inutilement rachetée quatre fois, et avoir vu en vain autant de fois ratifié par la loi un contrat qui, par sa nature, devoit être si sacré.

Si cependant il ne nous eût trompés, pour ainsi dire, que de force, et en appuyant sa fourberie du poids de son sceptre de fer, il y auroit peut-être quelque chose de moins humiliant pour notre amour-propre. Mais que dire de l'insultante ironie avec laquelle il déclare et prétend nous faire croire que nous l'avons tous appelé comme notre libérateur: de l'effronterie avec laquelle il ose avancer que le Roi vouloit annuler les ventes des domaines nationaux, quand le Roi en a vendu lui-même: de l'impudence avec laquelle il dit qu'il vient nous délivrer des dîmes, de la féodalité, contre lesquelles (sans parler de l'état politique de la France, de l'opinion universellement établie et de tant d'autres raisons qui rendent cette assertion absurde) le Roi nous avoit garantis à jamais par une charte dans laquelle il assura nos libertés à une époque où sa position sembloit lui permettre peut-être de nous les ravir toutes? Que dire enfin de l'impudence avec laquelle il nous annonce, en débarquant, qu'un arrangement est conclu avec l'Autriche, et de l'effronterie avec laquelle, pour soutenir ce mensonge, il annonce avec emphase l'époque à laquelle sa femme et son fils doivent arriver à Paris ; convoque pour cette époque supposée, afin de les voir couronner, le corps entier des électeurs de France ; et, quand ils sont assemblés, ne leur parle pas même des circonstances qui auroient pu fonder cet espoir à l'époque où il le donnoit, non plus que des accidents imprévus qui tout à coup l'auroient détruit ? Il a trop de mépris pour nous, trop peu d'égards pour la vérité, pour songer même à colorer le mensonge, à se disculper de l'injure ; mais ce n'étoit pas le seul affront réservé par lui à cette assemblée qui devoit être composée de ce que la France a d'hommes les plus respectables : ils étoient appelés pour donner, disoit-il, au nom du peuple français, dont ils étoient les naturels représentants, leur vœu sur la forme du gouvernement qui convenoit le plus à la France; et cependant il avoit donné d'avance une constitution qui, à l'exception de quelques réserves tyranniques, n'étoit autre chose que la charte du Roi, et dont il leur signifie l'acceptation extorquée, quand ils s'attendoient, d'après sa promesse solennelle, à délibérer sur la constitution même. Au reste, cette ironie étoit digne de ceux qui avoient eu la sottise de le croire, et elle étoit digne de celui qui, en débarquant à Cannes, promettoit solennellement l'entier oubli du passé, et qui, dès ses premiers pas sur le territoire français, lance des décrets de proscription, d'exil et de confiscation, et signale ainsi l'espoir qu'il a désormais conçu de réussir dans ses affreux projets.

Jetons maintenant un coup d'œil sur les monuments de Buonaparte, et pour apprécier la reconnoissance qui lui est due, voyons si la vanité et l'égoïsme ne l'ont pas dirigé dans cette importante partie de son gouvernement, bien plus que le désir d'être utile à la nation dont il étoit le chef : le plus utile de ces monuments est certainement le Code civil; mais on ne soupçonnera pas Napoléon, je pense, d'avoir été porté par l'amour de la justice et de l'humanité à ordonner la composition d'un ouvrage qui devoit, peut-être plus que toutes ses victoires, entretenir son nom dans la mémoire des hommes. Quant aux monuments des arts, je vois sans doute à Paris de grands embellissements et quelques travaux utiles, exécutés ou entrepris ; mais en considérant l'ensemble de la plupart de ces travaux, il est impossible de n'être pas frappé de l'idée qu'ils étoient moins dirigés vers l'utilité de la France, qu'élevés pour servir à la renommée de Buonaparte, qui a voulu que, dans les siècles futurs, son nom fût répété par tous ces monuments aux enfants des étrangers comme à ceux des Français. Que servent en effet ces arcs de triomphe, ces colonnes, ces travaux du Louvre et ces palais commencés du roi de Rome, si ce n'est pour annoncer que c'étoit Buonaparte qui régnoit quand on les exécuta ? Hélas ! les maux qu'il nous a faits seront un monument bien autrement durable de son séjour parmi nous ! Si je promène ensuite mes regards sur la France, je vois un port exécuté à Cherbourg, auquel nos rois avoient jadis renoncé, parce que les avantages qu'il pouvoit procurer à notre marine n'étoient pas proportionnés aux dépenses qu'il devoit occasionner ; mais Buonaparte l'exécute, au contraire, pour attacher son nom à une œuvre regardée comme gigantesque, sans s'inquiéter de ce qu'il en doit coûter à ses peuples. Je vois ensuite une grande route dirigée de Paris sur Boulogne, bien moins pour l'avantage du commerce que parce que c'est de ce point qu'il médite l'expédition qui devoit, dans son orgueilleuse espérance, ajouter à ses exploits la dévastation de l'Angleterre. Enfin j'aperçois encore quelques canaux, quelques ponts, quelques écluses ; mais quand on veut trouver les grands travaux de Buonaparte, ce n'est pas en France qu'il faut les chercher, c'est à Anvers, c'est à Juliers, c'est à Alexandrie, c'est à Dantzick qu'il faut le voir prodiguer des millions pour créer un port et des forteresses qui ne seront utiles qu'à nos ennemis ; c'est dans les Alpes qu'il faut le voir ouvrir à travers les précipices des routes qu'il destine bien moins à assurer à la France l'entrée de l'Italie qu'à ouvrir à l'Italie des passages pour pénétrer en France, quand il aura transporté dans cette patrie, la seule qui lui fût chère, le siége du grand empire auquel son cœur aspiroit. Car tel étoit, n'en doutons pas (tant la destinée de cet homme étoit de nous humilier, soit par ses revers, soit par ses succès), tel étoit le grand projet dont son âme étoit remplie, quand il nous annonçoit avec emphase, à l'époque où la fortune sembloit enchaînée à son char, qu'il vouloit faire en dix ans, de la Méditerranée, un lac au milieu de ses vastes états. Que fût en effet devenue la France, s'il avoit pu réussir dans ce projet extravagant? La France n'eût plus été qu'une province de son empire, et Paris n'eût plus été la grande capitale; Rome seroit devenue le centre nécessaire de l'empire romain ressuscité; et l'Italie, sa véritable patrie, l'objet constant de sa seule affection, auroit encore été sous lui la maîtresse du monde; il eût asservi à Rome la France avec l'univers. Voilà pourtant comment Buonaparte se présente à nous avec tous ses monuments : bien différent en cela de Louis XIV, qui, lorsqu'on l'accusoit d'une si vaste ambition, s'attachoit au contraire à fixer irrévocablement les frontières de la France par ces nombreuses places fortes qui l'ont toujours sauvée, excepté deux fois sous Buonaparte, de l'invasion étrangère. Et qu'on ne vienne pas dire ici que ces travaux étoient payés avec l'argent donné par la victoire, puisque plus nous moissonnions de glorieux lauriers, plus Buonaparte ajoutoit aux impôts qui pesoient sur la France.

Ainsi, en considérant la conduite générale de Buonaparte, il est prouvé que le bien qu'il a pu faire à la France, il l'a fait dans la seule vue de son utilité particulière, et pour arriver par-là à l'exécution des plus sinistres desseins : par conséquent, il n'a jamais acquis de véritables droits à la reconnoissance nationale, tandis qu'il mérite au contraire toute la haine et tous les ressentiments qui sont le juste prix des maux qu'il a faits à la patrie, puisqu'il les a faits de sang-froid, par calcul de ses intérêts, et sans montrer la plus légère pitié pour ces millions d'infortunés dont le malheur fut son ouvrage. Essayons de réunir maintenant quelques traits de son caractère, pour découvrir, s'il est possible, par quel charme il a su captiver l'amour et mériter les regrets de certains hommes, qu'on ne peut à la vérité soupçonner d'aimer leur pays, encore qu'ils s'en vantent (1).

(1) Un d'eux, qui a été à différentes époques coryphée de révolution, qui a fait une grande fortune, qui a été sénateur et qui fut républicain, convenoit un jour avec une franchise remarquable qu'il préféroit Buonaparte tyran à Louis XVIII roi constitutionnel ;.... Mais la

Esprit profond, ingénieux, dissimulé, prêt à tout entreprendre, et prompt surtout à profiter de toute occasion favorable offerte par la fortune, Buonaparte ne prévoyoit que le changement, et se préparoit à détruire le jour même où il commençoit à créer. Inquiet dans la paix autant qu'actif dans la guerre, quand sa main signoit un traité, son cœur songeoit à le rompre; et, dans le moment où il annonçoit le repos à son peuple, il se disposoit à le troubler. Absolu par caractère, et pétri du vrai limon des tyrans, il nous trouva dans l'état d'une nation qui n'est plus propre qu'au despotisme; et en achevant de nous avilir, il mit la dernière main à l'ouvrage ébauché par les nombreux

---

patrie, lui répondit quelqu'un.... La patrie, reprit le sénateur, c'est le cou et la fortune; et je suis, quoi qu'on dise, plus sûr de garder l'un et l'autre sous Buonaparte, qui a besoin de m'employer, que sous le Roi, qui préférera toujours d'employer ce qu'on appelle un honnête homme; je préférerois même, s'il le falloit, continua-t-il, la conquête et le partage à l'autorité du Roi légitime, et je puis assurer que la plupart des patriotes sont aujourd'hui de cet avis.... Mais, lui dit-on, comment est-on patriote avec une semblable façon de penser?..... Ah! reprit-il aussitôt avec un embarras dont il ne put pas être le maître, quand je dis les patriotes, je veux dire seulement les gens qui ont fait la révolution.

tyrans révolutionnaires qui l'avoient précédé. Il nous poussa rapidement au dernier degré de corruption politique, en rapportant tout à sa personne, en abolissant jusqu'au nom de la patrie, et en substituant ainsi l'intérêt, qui fait qu'on s'expose au danger pour gagner la faveur du souverain, au noble désintéressement de l'homme qui se dévoue pour son pays. Sans bonne foi, sans religion, sans principes arrêtés, il ne vouloit rien devoir à la justice, qu'il n'invoquoit jamais que pour mieux l'outrager; et la force, *qui ne doit servir qu'à défendre la raison*, étoit la seule raison pour lui. Essentiellement ennemi de l'ordre social, les crimes lui plaisoient, en raison du nombre et de la sainteté des devoirs dont il falloit s'affranchir pour les commettre. Doué, plus que tout autre homme, du don de tromper ses semblables, il haïssoit la vérité, et vivoit en quelque sorte dans le mensonge, comme dans un élément qui lui étoit propre. Vicieux par calcul autant que par inclination, il fuyoit, disoit-il, la vertu, parce qu'il la regardoit comme un obstacle au talent. Pénétré de cette vérité terrible, qu'un chef craint est toujours assez aimé, tandis qu'un prince aimé est rarement assez craint, il sentoit qu'il ne faut jamais ôter la crainte aux hommes, surtout quand ils ont été avilis par des révolutions; et sans s'inquiéter qu'on crût à sa parole, il lui suffisoit qu'on ne doutât pas de sa vengeance. Barbare, s'il se sentoit puissant; humain quand il se croyoit foible : il assassina le duc d'Enghien à une époque où il ne doutoit pas de sa fortune; et nous l'avons vu, dans un temps où le glaive de la justice étoit en quelque sorte suspendu sur sa tête, respecter les jours de ce prince généreux qu'une infâme trahison avoit mis en sa puissance. Ingrat par calcul et par nature; il trouvoit, surtout dans l'ingratitude, ce plaisir particulier, qu'elle lui servoit à signaler le mépris profond des hommes, qui est un des principaux traits de son caractère. Violent quand on le craignoit, maître de lui dès qu'il pouvoit avoir à craindre, il savoit respecter ceux auxquels il n'en imposoit pas; et jamais il n'insulta (son existence en est la preuve) que des hommes capables de le supporter. Plein d'orgueil dans la prospérité, mais humble dans les revers, et malheureux sans dignité, cet homme, dont l'ambition sembloit ne pouvoir jamais accumuler assez de couronnes, aimoit pourtant assez la vie pour descendre sans mourir au dernier degré d'humiliation. Jaloux de toute espèce de gloire, il prenoit soin de rabaisser dans l'opinion les hommes qu'il élevoit aux dignités, parce qu'il vouloit que sa faveur fût la seule réputation, comme elle étoit la source unique de richesses et de crédit. Jaloux de tous les sentiments dont il n'étoit pas l'objet exclusif, il s'occupoit sans cesse à semer la discorde dans sa famille et entre ses amis, par la calomnie et les insinuations perfides. D'une profonde indifférence pour tout ce qui peut affecter l'humanité, il ne voyoit, dans le malheur et dans la prospérité des nations ou des hommes, que des moyens qu'il employoit également pour parvenir à son but (1), et faisoit, s'il est permis de s'exprimer ainsi, le mal sans plaisir et le bien sans chagrin. Sensible uniquement aux douceurs de la vengeance, et dominé par ce seul sentiment, si, contre toute apparence, il se décidoit à mourir, c'est qu'il auroit perdu l'espoir de se venger. Rusé, mais sans sagesse; audacieux, mais sans vrai courage, il sembloit, quand la fortune le secondoit, n'agir en quel-

(1) Quand M......, aide-de-camp du général Latour-Maubourg, qui avoit eu la jambe emportée à la bataille de Leipsick, vint lui annoncer le malheur de son général, il ne lui répondit rien, et se retourna froidement vers le prince de Neufchâtel, en lui disant ces seules paroles : « Berthier, avons-nous quelqu'un pour remplacer Latour-Maubourg ? »

que sorte que par des *inspirations soudaines ;* et dès qu'elle l'abandonnoit, on eût dit qu'il avoit perdu jusqu'à la faculté de penser. Prodigue du sang des autres, et ne ménageant que le sien, entraîné par l'esprit aventureux, adonné au fatalisme, il couroit chercher le danger avec une hardiesse incroyable, et le fuyoit dès qu'il l'avoit atteint. Possédant enfin au plus haut degré l'art d'engager les autres hommes à se dévouer à la mort, il s'exposoit si peu lui-même, que, pendant vingt ans de guerre, peu d'officiers, parmi un si grand nombre qui sont morts pour lui, ont été frappés à ses côtés.

Tel fut ou tel est Buonaparte ; tel est celui devant lequel l'Europe a tremblé si long-temps. Le ciel semble l'avoir tiré des trésors de sa colère pour le créer tel que nos crimes l'avoient mérité. Son souvenir s'avancera dans les siècles futurs, bien plus accompagné des maux qu'il a causés que de sa gloire flétrie; et déjà l'on croit entendre la postérité qui le juge, et qui s'écrie avec horreur : Cet homme qui a ébranlé la terre par son funeste génie, ne l'a consolée par aucune vertu. Il avoit de grands talents, mais son âme étoit petite. Il savoit forcer par l'*épée*, mais non couvrir avec le *bouclier*, et il cédoit aux revers comme s'il eût été dispensé d'en prévoir. Aucun crime ne lui coûtoit pour parvenir à ses fins, aucune humiliation ne lui sembloit assez grande pour lui préférer la mort. Profondément insensible aux malheurs de l'humanité, il a pu subjuguer les esprits, mais il ne gagna point les cœurs : il a pu, comme tout objet extraordinaire, ravir l'admiration tant que la fortune le seconda ; mais il paya par le mépris ce sentiment usurpé, quand il fut abandonné de ce qu'il nommoit son étoile. Il a chargé les Français des dépouilles des nations pour livrer deux fois aux nations les dépouilles de la France ; il a brillé comme un météore funeste ; il s'est levé sur la terre comme un astre malfaisant. S'il eût jamais quelque grandeur, ce fut comme fléau du monde et de sa propre patrie. Quand il tomba, sa grandeur dissipée fut un spectacle agréable à la terre....

De Buonaparte, relativement à l'Armée.

En 1814, dans un moment où tous les cœurs français se portoient avec enthousiasme au-devant de ce Roi dont la seule présence nous délivroit du joug de l'étranger, et où toutes les opinions sembloient se rallier autour du souverain légitime, on avoit remarqué avec étonnement que l'armée se montrât plus froide et accueillît d'un vœu, d'abord moins unanime, un événement aussi heureux qu'il étoit inattendu. Mais lorsqu'ensuite on avoit réfléchi sur cette espèce de réserve, sur cette disposition plus lente à adopter un changement regardé avec raison, par la France entière, comme son unique salut, on avoit senti que des soldats devant lesquels, peu de mois auparavant, l'Europe avoit tremblé, et qui voyoient les étrangers triomphants à leur tour, maîtres de notre capitale, ne pouvoient pas, dans le premier moment, comprendre jusqu'à quel point il étoit de leur devoir de se ranger sous les drapeaux d'un souverain légitime, mais éloigné, hélas! depuis tant d'années, que le plus grand nombre d'entre eux ignoroit jusqu'à son nom et doutoit de son existence. Alors, on se flatta que le temps, la réflexion et la connoissance plus exacte des événements, éclaireroient l'esprit de l'armée française ; on osa même espérer que cette persévérance seroit peut-être le gage d'une fidélité plus stable. Falloit-il que cet espoir fût trompé par les instigations perfides d'une poignée d'hommes parjures, et par le retour inattendu de celui qui, nous ayant abandonné une première fois, après nous avoir perdus, est venu une seconde fois nous perdre pour nous abandonner encore! Hélas! il ne falloit pas moins que son funeste génie pour anéantir successivement tant d'armées si aguerries, si nombreuses et si braves; pour épuiser nos ressources dernières, et pour livrer deux fois aux ennemis la terre des guerriers, qui, sans lui, n'eût pas de nos jours porté le poids des bataillons étrangers. Mais pour mieux comprendre à quel point nos malheurs ont été son ouvrage, et pour pouvoir mieux juger avec quelle persévérante ingratitude il a abusé de nos sacrifices et de notre dévouement, rappelons-nous d'abord l'état où son imprudence, son orgueil, et des calculs dont son intérêt étoit la seule base, avoient amené l'armée française à l'époque de la première invasion.

La vieille armée, tous ces soldats qui, pendant près de vingt ans avoient vu fuir ou tomber devant eux les plus vaillants soldats du monde, tous ces soldats abandonnés aux rigueurs d'un climat terrible, avoient dû racheter les déplorables restes d'une vie qui leur échappoit, en subissant le joug de l'esclavage; ou bien ils avoient péri par le froid et par la faim, victimes de l'imprudence et de l'opiniâtreté d'un chef que tous les avis des plus sages et des plus braves n'avoient jamais pu ébranler, et qui, dans l'espoir de signer à *Moscow* une paix dont le souvenir étonnât les races futures, abusé dans son orgueil par des hommes qu'il jugeoit grossiers, avoit attendu, pour partir des extrémités de l'Europe, l'époque où désormais le retour vers la France étoit devenu impossible. Nous avons tous été punis pour cette faute impardonnable, et nous avons cru voir alors le jour où la vengeance des peuples alloit enfin tomber sur nous. Qui n'auroit cru en effet qu'après un aussi grand désastre, la France et son chef insensé étoient perdus sans ressources ? Échappé cependant, comme par un prodige à un si grand danger, et protégé en apparence par le ciel qui le destinoit à survivre à son humiliation, laissant aux Russes et dans les neiges les canons, les équipages d'une armée de cinq cent mille hommes ; et bien plus que les canons, bien plus que les équipages, laissant en proie aux ennemis, à la misère, à la mort, cent cinquante mille soldats, les vieux compagnons de sa gloire, il abandonne, en arrivant à *Wilna*, les restes de son armée, il les remet aux soins du premier général qui se sent assez de courage pour essayer de les sauver. En les réunissant lui-même, en remplissant ce devoir rigoureux d'un chef et d'un vrai souverain, peut-être il auroit pu réparer tant de pertes, ou du moins il auroit eu l'honneur de l'avoir tenté; mais ce noble sentiment n'entre pas même dans son âme; il ne pense qu'à s'éloigner d'une armée qui a été malheureuse; il part, il accourt à Paris; il y reçoit en arrivant les félicitations du sénat et des vils flatteurs dont il est entouré : les éléments, qui même ont retardé l'époque de leur rigueur accoutumée, sont accusés de l'avoir devancée : on publie avec impudence que celui qui nous a perdus n'a jamais eu de droits plus grands, mieux mérités à notre admiration, à notre reconnoissance, et enfin on annonce aux pères de famille que, si leurs enfants sont morts, l'Empereur se porte bien. A mesure cependant que l'ennemi s'avance, Buonaparte réunit tous les moyens que la France épuisée peut lui fournir encore, et forme une nouvelle armée. Le peu de braves échappés à la faim, à la misère, au froid, soutient sans lui les efforts d'un ennemi qui a vaincu sans combattre, et lui donne un temps précieux. La soumission des Français, et cet amour de la guerre et de la gloire qui les distingua toujours, les fait voler au-devant de son impatiente ardeur; le Rhin le revoit au printemps, plus formidable que jamais. Il reparoît comme un serpent revêtu de sa peau nouvelle ; et s'il veut adopter quelque plan raisonnable, notre salut est assuré ; mais que lui fait le salut de la France? Au lieu de se concentrer et de penser à défendre nos frontières, il ne songe qu'à conserver, qu'à augmenter, s'il se peut, des conquêtes dans lesquelles réside sa force, son patrimoine et sa gloire. Il a laissé à *Dantzick* une armée, parce qu'il n'a pas le courage de renoncer à ce qu'il a pu envahir, et qu'il pense que sa main, comme celle de la mort, ne doit jamais lâcher sa proie ; fidèle au même système, il fait porter dans les places nouvelles et dans les camps retranchés qu'il crée sur l'Elbe, à la hâte, tous les canons qui nous restoient encore et qui garnissoient nos plus importantes forteresses. Pour renforcer ces points d'appui imaginaires, il désarme tous nos vaisseaux ; il n'hésite pas à rendre inévitable la perte entière de la France, si une armée, toute composée de recrues, éprouve le moindre revers. Et quand la brillante valeur, quand le dévouement incroyable des nouveaux soldats qui le suivent ont ramené pour un moment la victoire sous les étendards français, il refuse à Dresde une paix avantageuse à la France, insuffisante à son ambition. Rien en effet ne pouvoit le satisfaire, s'il ne revoyoit en vainqueur les bords fameux de la *Vistule* et du *Niémen ;* et pour parvenir à ce but, il exposoit de nouveau la France à perdre pour jamais sa gloire et son existence politique. En vain, quand l'Autriche, indignée de son orgueil insultant, s'unit à nos ennemis, des généraux éclairés et amis de leur pays, osent, en bravant sa colère, lui représenter le danger de la position qu'il occupe ; il s'obstine à rester à *Dresde ;* il y reste jusqu'au moment où, cerné de tous côtés, il ne peut plus se retirer, sans être incessamment atteint par des armées innombrables. Alors il aperçoit son danger personnel, il se retire à la hâte ; mais déjà il n'est plus temps, et les tristes champs de *Leipsick* voient détruire en deux journées cette armée qui quelques mois auparavant avoit rendu à la France une espérance inattendue ; et tandis que des corps d'armée qui seuls auroient suffi pour arrêter l'ennemi dans sa marche, et pour couvrir au moins nos frontières et défendre la barrière du Rhin, sont abandonnés dans une position perdue, Buonaparte, à la tête d'une troupe d'élite qu'il a conservée pour lui seul, se fait jour et passe de force à travers une armée qui veut lui fermer le passage ; il arrive au bord du Rhin ; il se présente à *Cassel ;* il entre enfin dans *Mayence*, avant la triste nouvelle du désastre qui, pour la seconde fois, et avant une année révolue, nous enlevoit la fleur de nos guerriers. Désastre qu'il eût évité, s'il avoit pu un seul instant être touché du sort de la France.

Qui n'auroit cru qu'au moins s'arrêtant cette fois, il recueilleroit enfin les débris de tant d'armées immolées par lui seul et pour lui seul ? Ces débris réunis par lui pouvoient encore, avec l'appui de nos places, empêcher le passage du Rhin et garantir nos frontières ; mais toujours fidèle au même système et animé des mêmes sentiments, il ne songe pas même à ce que peut exiger le salut de ce peuple qui a fait pour lui de si grands sacrifices ; il abandonne une seconde fois sa malheureuse armée au sort qu'il lui a préparé ; il part ; il vole vers Paris, et, sans s'inquiéter désormais des compagnons de sa dernière infortune, il appelle de toutes parts des combattans nouveaux ; il les appelle à lui, non pour sauver la France qu'il a placée pour la seconde fois sur le penchant de sa ruine, mais pour essayer encore de reprendre ses conquêtes. Les derniers de nos enfants sont arrachés à leurs familles ; les uniques soutiens de la veuve et du vieillard, les appuis de l'orphelin, des hommes époux et pères sont obligés d'abandonner leurs foyers et d'aller chercher la mort pour satisfaire l'ambition de Buonaparte; et c'est avec ces soldats d'un moment qu'il se dispose à repousser des armées victorieuses, aguerries et innombrables, et croit reconquérir l'Europe. Une armée de vieux soldats est réunie près de *Hambourg ;* une autre est en *Italie ;* une autre est encore maîtresse d'une partie de l'Espagne; trente mille hommes sont réunis dans *Mayence ; Metz , Strasbourg , Magdebourg , Anvers ,* toutes les places que l'ennemi va franchir ou masquer, sont remplies de vieux soldats échappés à tant de batailles; et s'il veut appeler à lui ces hommes accoutumés à vaincre, il peut sauver la patrie; mais au lieu de les réunir afin de couvrir la France, il les laisse disséminés sur les points qu'il lui semble important de garder pour le moment où il pourra reprendre ce système de conquêtes qu'il veut, dût périr la nation française, essayer de réaliser. Il attend que l'ennemi menace la capitale; il voit, sans être ému, un tiers de la France envahi; et quand il a rassemblé de tous côtés des hommes ou des enfants qui n'ont jamais combattu, plein d'une confiance bizarre, il se livre, en aventurier d'un jour, aux combinaisons les plus désespérées.

Voilà pourtant où nous avions été réduits

pour avoir eu à notre tête un étranger d'un grand talent, mais dont le cœur n'avoit rien de français ! En calculant d'après les données ordinaires, et en voyant ainsi l'armée deux fois détruite toute entière, n'ayant perdu cependant qu'une seule grande bataille, il sembloit que rien désormais ne pût ralentir en France la marche des Alliés. Mais qui peut calculer ce que feront des Français pour défendre leur patrie ! Aucun d'eux n'a la pensée que celui qui les appelle a deux fois immolé leurs frères, et qu'il a ouvert, en les perdant, la France aux peuples étrangers. Il ne reste que des enfants et des pères de famille, mais ils volent à l'envi sous ses funèbres drapeaux. Des soldats qui n'ont jamais vu l'ennemi le disputent aux vieux guerriers. Les combats les plus hardis, les marches les plus étonnantes nous donnent pour un instant les succès les moins attendus, et l'ennemi, étonné, effrayé de se voir ainsi repoussé successivement dans toutes ses directions, désire et propose la paix. Un chef français l'eût alors acceptée; mais Buonaparte la refuse : enivré de ses prospérités nouvelles, il ne voit pas que ces victoires ont consumé ses derniers moyens ; il se croit près de reprendre cet ascendant qu'il exerçoit encore peu de mois auparavant sur l'Europe étonnée ; il veut courir la dernière fortune : au lieu de se concentrer et de réunir ses forces, il étend mal à propos le cercle de ses manœuvres. Repoussé cependant dans la direction de *Laon*, il revient ; il s'éloigne, il perd un temps précieux ; et tandis qu'il fatigue ainsi son armée par des marches inutiles, l'ennemi, qui se dérobe à un mouvement imprudent, entre tout à coup dans Paris lorsqu'il le cherche en Champagne. C'est ainsi que, sous Buonaparte, la France a eu pour la première fois, depuis l'établissement de la monarchie, la douleur et la honte de voir, sans le concours de la guerre civile, sa capitale au pouvoir des étrangers. Si cependant cet homme avoit eu le courage de soutenir une position de fortune décroissante, ou si même, avec moins de talent, il avoit eu dans les veines une goutte de sang français, il avoit encore dans ses mains le moyen de faire payer bien cher aux puissances alliées cette gloire hasardeuse ; et leurs plus habiles généraux conviennent qu'ils ne sont entrés dans Paris pour ainsi dire qu'en tremblant; mais Buonaparte n'a pas même la pensée, dans cet instant décisif, de prendre un parti généreux ; il ne songe qu'à sa sûreté personnelle; il abdique à *Fontainebleau ;* il dépose la couronne entre les mains des étrangers ; et sans donner dans le traité la plus légère marque d'intérêt ou de souvenir à ses sujets, ni même à ses compagnons d'armes, il ne stipule que pour lui, et part content quand il s'est assuré d'exister et d'être riche.

Tel étoit cependant, en 1814, le mal que Buonaparte avoit fait à la France, et l'abandon dans lequel il l'avoit laissée. Mais du moins, à cette époque, notre gloire étoit entière; celle de Buonaparte étoit seule flétrie : nous n'avions trahi aucun de nos devoirs ; et si nous avions éprouvé de grands revers, ils n'étoient dus qu'à l'imprudence, à l'orgueil obstiné de celui qui nous commandoit. Nos ennemis, qu'il avoit conduits lui-même au sein de notre capitale, se plaisoient à le reconnoître; et l'armée, mais non pas lui, pouvoit dire avec le roi soldat qu'ont chéri nos ancêtres : « Tout est perdu fors l'honneur ». Falloit-il que, pour compléter notre honte et les malheurs de la patrie, cet homme reparût parmi nous ! et falloit-il qu'il vînt ainsi détruire le bien que nous avoit fait son absence ! A la voix du successeur de nos anciens souverains, l'Europe victorieuse avoit suspendu sa vengeance : les vrais Français s'étoient réunis sous l'étendard de leur monarque légitime ; et déjà notre prospérité intérieure étoit devenue si grande, qu'elle sembloit être un objet de jalousie pour les peuples voisins. De jour en jour le crédit public croissoit; de jour en jour les partis qui avoient déchiré la France oublioient leur animosité réciproque, et le cœur paternel du Roi commençoit enfin à jouir de la félicité qu'il nous avoit donnée. Mais Buonaparte veilloit, et le Corse, au fond de son âme, frémissoit à l'idée d'un bonheur dont il n'avoit pû nous priver. Notre prospérité faisoit son supplice, et il méditoit à chaque instant les moyens de la détruire. D'un autre côté, il existoit malheureusement en France un grand nombre de ces hommes que les révolutions enfantent et nourrissent, que le repos désespère, et qui, dans leur ardeur insatiable de s'enrichir et de dominer, sont toujours prêts à déchirer leur patrie pour se revêtir de ses lambeaux. Entre Buonaparte et eux la conjuration fut bientôt tramée. Ils n'attendirent pas même l'instant où l'Europe trompée auroit licencié les innombrables soldats qui avoient déjà une fois terrassé la France; ils abusèrent le peuple; ils séduisirent l'armée; ils préparèrent enfin une révolution au moment où tout sembloit concourir à affermir une prospérité inespérée. Buonaparte alors débarqua, et les corps placés en échelons sur la route qu'il devoit suivre, entraînés par des chefs coupables, passèrent successivement sous ses drapeaux, au lieu d'arrêter son passage. Trahi par ses soldats, le Roi fut obligé de quitter sa capitale ; il partit sans autre escorte que le respect qu'inspiroit à ses peuples son noble caractère et le sentiment du bien qu'il n'avoit cessé de leur faire. L'usurpateur entra furtivement dans Paris, et le Roi, qui ne vouloit pas que le sang français coulât pour lui par la main des Français mêmes, résolut de quitter la France. Il congédia les corps de sa garde; il renvoya dans leurs foyers les nombreux volontaires qui accouroient de tous côtés; il franchit la frontière, et aussitôt un voile funèbre sembla couvrir la France.

Il seroit superflu de rappeler ici les confiscations, les exils, les spoliations, les oppressions de tous genres qui furent les premiers effets de la déplorable défection dans laquelle l'armée fut entraînée, et qui signalèrent dès l'abord la vengeance de Buonaparte. Les maux que nous avons soufferts, ceux que nous souffrons encore, et ceux qui nous restent à supporter, ces maux qui affligent la nation toute entière, proclament assez le crime du tyran et de ceux qui nous l'ont rendu. Je ne veux donc rappeler ici que les dernières circonstances de la conduite de Buonaparte à l'égard de l'armée, qui avoit manqué, pour le suivre, au plus sacré de ses devoirs, à la fidélité jurée. Il ne l'a pas plutôt réunie, qu'il la conduit hors de France contre les forces combinées de l'Angleterre et de la Prusse; il en sacrifie d'abord une partie considérable pour remporter sur les Prussiens une victoire éphémère dont il ne tire aucun fruit, et il marche ensuite contre les Anglais, qui reçoivent son attaque dans une position qu'ils ont choisie et préparée. Des deux côtés la valeur est égale; des deux côtés le nombre l'est aussi; l'ardeur de vaincre, enflammée par un sentiment intérieur de jalousie nationale, est poussée au plus haut degré dans l'un et dans l'autre parti; mais à la guerre il faut toujours céder aux dispositions supérieures : celles du général anglais l'emportoient sur celles de Buonaparte, et il fut prouvé, à la fin de la journée, que la victoire se rangeoit de son côté. Quel étoit, dans ce moment, le devoir de Buonaparte? Ne devoit-il pas chercher à couvrir ses forfaits et sa honte par le sacrifice de sa vie dans cette trop mémorable journée? Ou s'il eût été seulement animé d'un sentiment de pitié pour ces braves et malheureux soldats qui lui donnoient un sang qu'on ne doit qu'à la patrie et au souverain légitime, ne devoit-il pas recueillir les débris de son armée derrière la *Sambre*, et, appuyé par le corps nombreux qui n'avoit pas pris part à la bataille, arrêter un ennemi que ses pertes devoient rendre timide à poursuivre sa victoire? Mais Buonaparte, cet homme si audacieux pour chercher le danger, ne peut, comme tous les faux braves, en soutenir la vue aussitôt qu'il l'atteint; il fuit de *Waterloo* comme il avoit fui de *Leipsick*, comme il avoit fui de *Wilna*, comme il avoit fui d'*Égypte* : il fuit; mais, non content cette fois d'avoir perdu, d'avoir quitté son armée, il ose encore l'accuser, à la face du monde et de la postérité, d'avoir trahi l'honneur militaire : il vit, il reparoît seul, et cependant il accuse d'avoir fui lâchement ceux qui pour lui sont mutilés, sont morts ! Tel est le prix de notre sang, telle est la récompense de nos blessures, tels sont, en un mot, les adieux de Buonaparte, qui, satisfait de notre honte, peu touché de la sienne propre, renonce une seconde fois à gouverner la France, remet l'empire à une poignée de factieux qui s'intitulent les représentants de la nation qu'ils outragent; et après avoir cherché dans ce dernier acte même à nous laisser après lui des germes de division et de guerre civile, court enfin se remettre prisonnier entre les mains de ce peuple qui fut toujours l'ennemi le plus constant du nom français et de la France.

Après cet exposé de faits récents et avérés, et dont les monuments, hélas ! seront encore sous nos yeux pendant long-temps, il sembleroit difficile qu'un militaire et qu'un Français ne fût pas pénétré de l'indignation la plus profonde pour l'auteur de tant de maux. Mais comme il existe un grand nombre d'hommes en qui le sentiment des bienfaits personnels qu'ils ont reçus de lui peut l'emporter sur toute autre considération, essayons, sous ce rapport, d'achever de les éclairer. Un soldat doit obéissance à son chef, un sujet doit fidélité à son souverain, quels que soient le caractère, les défauts ou les vertus du chef ou du souverain. Mais à celui qui a cessé d'être l'un et l'autre, quand bien même il ne l'eût pas cessé deux fois avec autant d'ingratitude que de lâcheté, on ne lui doit de regrets, d'attachement ou de reconnoissance qu'en raison des sentiments qui ont été les mobiles de sa générosité passée. Essayons donc de sonder le cœur de Buonaparte, et voyons si ce froid rocher a quelquefois été sensible à tant de preuves de dévouement qui lui ont été offertes depuis vingt ans. Loin de moi, loin de tout soldat de lui demander compte ici de la vie de tant de braves qui, dans les jours de notre gloire, ont pu mourir en combattant ! Le prix du sang fut payé par la victoire, et leur sort est digne d'envie, puisqu'ils n'ont pas vu la France envahie, humiliée, conquise. Mais a-t-il aimé ses soldats, ce destructeur mémorable ? A-t-il aimé seulement ceux dont le sang et les blessures avoient jeté en Italie les premiers fondements de son étonnante fortune? Les a-t-il aimés ces hommes qui lui avoient donné des preuves d'un si rare dévouement, quand il les a abandonnés en Égypte, sans secours, au-delà des mers, pour y garder une inutile conquête, jusqu'au moment où ils ne pourroient plus résister à des ennemis qui partout croissoient autour d'eux ? A-t-il aimé ceux qui, pour satisfaire son insatiable ambition, l'avoient suivi jusqu'à *Moscow*, quand au retour il les a abandonnés à *Wilna*, sans même essayer de réunir les nombreux débris d'une armée qui périssoit par sa faute ? A-t-il aimé ceux dont le dévouement et les efforts incroyables avoient relevé sa fortune tombée, quand à *Dresde*, malgré les conseils les plus sages, il s'est obstiné à les maintenir dans une position qu'il étoit militairement impossible de garder? Les a-t-il aimés à *Leipsick*, quand, après le carnage qu'en avoient fait d'innombrables ennemis, il ne fait, pour protéger leur retraite, aucune de ces dispositions qui sauvent une armée battue? quand il abandonne des corps d'armée entiers? quand, afin de se sauver plus sûrement, il leur coupe lui-même la retraite qu'il auroit dû leur assurer au péril de sa vie? quand il les place ainsi dans l'affreuse nécessité de mettre bas les armes, et part pour sa capitale, sans songer même à recueillir les débris de sa défaite? Enfin, les a-t-il aimés, ces malheureux soldats français, lorsqu'à Fontainebleau, en abdiquant l'Empire, il n'a pas même songé au sort qu'ils auroient après lui? Le titre de notre chef le rend encore assez puissant pour obtenir d'immenses revenus en échange de la couronne qu'il met aux pieds d'un sénat révolté et d'un souverain étranger : c'est sur le peuple français que doit peser ce poids énorme, et c'est nous qui devons payer le prix de tant de funérailles à celui qui les a causées! Mais que fait-il pour la France? que fait-il pour ses soldats? quel article du traité prouve du moins qu'il s'est souvenu d'eux? Il ne voit que lui, toujours lui, lui seul dans son malheur comme dans sa fortune; et si la France épuisée, envahie, dépeuplée, la France qu'il a vendue en 1814, et qu'il a assassinée en 1815, ne voit en lui qu'un tyran, l'armée n'y peut voir qu'un ingrat. Mais que dis-je, un ingrat! L'armée française eût-elle jamais un ennemi plus funeste que celui qui, après l'avoir fait anéantir et l'avoir abandonnée trois fois, vient, sans droit et sans titre, la séduire, et l'entraîner à fausser ses sermens; qui la conduit à un affreux carnage, et qui, lorsqu'il l'a fait écraser sous ses yeux pour sa cause et par sa faute, non-seulement s'enfuit et l'abandonne encore, mais, afin de mieux la punir du crime qu'il lui a fait commettre, la calomnie à la face du monde; et tandis qu'elle se défend encore, tandis qu'elle combat sans lui pour sa cause qu'il abandonne, abdique de nouveau un pouvoir usurpé, et va se jeter dans les bras de ceux auxquels il a donné la gloire de conquérir la France en trois jours de campagne? Soldats français, quel que soit le parti que vous ayez suivi, ne serez-vous donc pas pénétrés avec moi d'un sentiment unanime d'horreur pour cet homme qui semble n'être venu nous séduire qu'afin de nous déshonorer, qui nous a perdus quand nous l'avions sauvé, qui a fait notre honte quand nous avions fait sa gloire, et qui n'a pas eu le courage d'attendre au milieu de nous une mort que nous bravions pour lui! Et vous qui nous l'avez rendu, cruels ennemis de votre patrie; vous qui avez hâté cette révolution avec une imprudence égale à la fureur qui vous l'avoit fait préparer, dans la crainte que la prospérité croissante dont la France commençoit à jouir ne finît par donner une force insurmontable au roi qui nous rendoit heureux; vous qui avez appelé sur la France la colère de toutes les nations, et qui l'avez fait inonder pour la seconde fois par les soldats étrangers; vous qui avez été les agens de notre humiliation et de nos malheurs, et qui peut-être, au moment où j'écris, méditez de nouveaux forfaits : hommes coupables, ignoriez-vous, quand vous avez aplani à Buonaparte le chemin de l'usurpation, que l'Europe étoit encore sous les armes? Ignoriez-vous que les souverains légitimes étoient encore réunis, et que vous alliez attirer sur la France, désarmée et divisée, les forces sous lesquelles la France avoit été accablée quand elle étoit armée et réunie? Ignoriez-vous que non-seulement le caractère de cet homme ne pouvoit pas être changé, mais que, par la nature même des circonstances qui accompagnoient son retour, s'il n'eût été tyran par inclination, il l'eût été par nécessité? Ignoriez-vous enfin que les vœux de la plus saine et de la plus grande partie de la France étoient pour le souverain à la voix duquel l'étranger victorieux avoit renoncé à tous les droits de la conquête, qui nous avoit réconciliés avec tous les peuples, et qui, lorsqu'il pouvoit nous asservir, nous avoit, après vingt-cinq ans, donné enfin la réalité de cette liberté dont le vain fantôme nous avoit tant de fois égarés? Fuyez donc, fuyez loin de la France, et n'essayez plus de persuader à ceux qui n'ont été que vos victimes qu'ils ont été vos complices : fuyez, et laissez-nous respirer sous l'autorité paternelle de ce roi qui, après avoir une seconde fois, par le seul ascendant que sa vertu lui donne, sauvé la France, que vous aviez de nouveau livrée toute entière aux mains des étrangers, va réunir dans le sentiment d'un amour commun pour sa personne tous les Français qui savent encore aimer leur pays. Et puisque la générosité de ce roi vous a garanti vos fortunes, puisque vous pouvez conserver à votre postérité ces fruits de vos forfaits et des malheurs publics, ah! du moins transportez-les sur un sol étranger; fuyez une terre qui vous repousse; abandonnez une patrie que vous avez déchirée, ou craignez la juste indignation de ce peuple que vous avez trompé, et que les maux qu'il souffre éclaireront tôt ou tard sur ceux qui en ont été les véritables auteurs.

www.ingramcontent.com/pod-product-compliance
Ingram Content Group UK Ltd.
Pitfield, Milton Keynes, MK11 3LW, UK
UKHW020432230726
13925UKWH00004B/1700

9 782014 042313